Quentin Blake

Le bateau vert

GALLIMARD JEUNESSE

Je me souviens très clairement, encore maintenant, de ce que nous avons ressenti lorsque nous avons enjambé le mur du jardin de la grande maison. Nous savions que ce n'était pas permis, mais nous étions déjà depuis deux semaines en vacances chez notre tante, et nous commencions à trouver le temps long. Nous étions à l'affût d'une aventure.

De l'autre côté du mur, le jardin ne ressemblait pas à ce que nous voyions d'habitude ; c'était plutôt un parc, une forêt même.

– On pourrait être des explorateurs ! dit Alice, en pénétrant dans le sous-bois. Je me demande ce que nous allons découvrir...

Les arbres étaient immenses et couverts de lierre ; cela ressemblait vraiment à la jungle.

Nous nous enfonçâmes de plus en plus profondément. Nous avions l'impression d'être complètement perdus ; puis, tout à coup, en écartant un écran de branchages, nous vîmes quelque chose d'absolument stupéfiant.

C'était un bateau. Enfin, ce n'était pas un vrai bateau, mais ça en avait l'air. Des buissons avaient été sculptés en forme de proue et de poupe, et deux arbres avaient été taillés en forme de cheminée.

De part et d'autre il y avait deux autres arbres longs et frêles, pratiquement sans branches, qui faisaient visiblement office de mâts.

Alors, Alice dit :
– Allons-y. Il n'y a personne à bord.
Jetons un coup d'œil.
À l'arrière du bateau se dressait
une sorte de cabane en bois ou d'abri
au sommet d'une vieille souche d'arbre.

On y accédait par une échelle en bois.
Nous sommes montés et sommes entrés.
À l'intérieur se trouvait une roue dont les rayons dépassaient, exactement comme la barre d'un bateau. Une longue-vue était posée sur une petite étagère, avec, juste à côté, la photo d'un homme en uniforme dans un cadre de bois.
Une lanterne pendait du plafond.

Par les fenêtres, on voyait
à des kilomètres à la ronde.
On pouvait presque se croire
en pleine mer.
Puis, tout à coup, nous fûmes
surpris par une voix qui disait :
– Eh bien, qu'avons-nous ici,
maître d'équipage ?
Une dame très mince,
vêtue d'une robe mauve,
nous regardait d'en bas.
– Qu'en pensez-vous, maître
d'équipage ? Allons-nous
les mettre aux fers ?

– Ce ne sont que des petits jeunes,
dit le maître d'équipage, qui en réalité
ressemblait plus à un jardinier.
Faudrait plutôt leur faire passer
le faubert sur le pont, si vous voulez mon avis.
– Ensuite nous pourrons peut-être
y prendre le thé.
Il s'avéra que passer le faubert sur le pont
signifiait balayer les feuilles.

Mais le thé était bien du thé, avec du gâteau au madère et des sandwiches au concombre. Après cela, Madame Trédégar (c'était son nom) dit :

– Le maître d'équipage va vous raccompagner à terre. Et pourquoi ne pas revenir demain ? Je suis sûre que c'est ce que le capitaine aurait souhaité.

Le lendemain matin,
avec la permission
de notre tante,
nous étions de nouveau
à bord du Bateau Vert.

Nous escaladâmes les mâts.

Nous prîmes la barre
à tour de rôle pour diriger
le bateau.

Madame Trédégar
nous montra comment
nous servir de la longue-vue.

À la fin de la journée,
nous étions un équipage
tout à fait au point.

Lors de notre visite suivante, Madame Trédégar nous apporta un vieil atlas, et chaque jour qui suivit, nous imaginions que nous voguions vers quelque nouvelle contrée.

Un vase de pierre devint une ruine romaine.

Un palmicr (qui en était vraiment un)
devint la côte lointaine de l'Égypte.

Un jour frisquet, nous fîmes semblant d'être dans l'Arctique. Les buissons devinrent des icebergs et quelques moutons qui avaient pénétré par inadvertance dans le jardin devinrent des ours polaires.

Les derniers jours de nos vacances furent chauds et ensoleillés. Ils devinrent de plus en plus chauds. Nous portions des chapeaux de soleil, jouions au palet sur le pont et buvions des litres de jus de citron vert.

C'était comme si nous nous dirigions
vers le sud à travers les mers tropicales.

Finalement, la température monta tellement
que Madame Trédégar décida
que nous avions atteint l'équateur

et que nous devions organiser la cérémonie
du passage de la ligne.
Le maître d'équipage était le roi Neptune
avec une barbe de ficelle et une fourche
comme trident.

Ceux qui traversaient l'équateur pour la première fois devaient être rasés ; ceci s'appliquait à Alice autant qu'à moi.

Il y avait un seau d'eau savonneuse et une sorte de couteau à beurre en bois trouvé dans la cuisine, et après la cérémonie nous étions tous trempés.

Le lendemain était notre dernier jour de vacances et nous étions invités à passer la journée et à rester dormir dans la grande maison.

Il faisait plus chaud que jamais
et il n'y avait pas un souffle d'air.
Tout à coup, après le goûter, le ciel prit
une étrange couleur et de grosses gouttes
de pluie se mirent à tomber.
– Nous allons essuyer une tempête,
dit Madame Trédégar.
Allez, équipage, dans la timonerie !
Une grosse rafale de vent chaud balaya
le jardin.

Madame Trédégar prit le gouvernail.
– Qu'aurait fait le capitaine ? dit-elle.
Direction l'œil de la tempête. C'est cela.
Droit sur l'œil de la tempête !

Et quel orage !

D'énormes coups de tonnerre claquaicnt ;
les éclairs crépitaient à travers le ciel.

Le balancement de la lanterne et la pluie
frappant les fenêtres de plein fouet

nous donnaient l'impression que nous étions
vraiment en pleine mer.
Et inlassablement, la tempête rugissait.

À un certain moment, nous avons dû nous endormir, car lorsque nous ouvrîmes l'œil, nous étions sur le plancher de la timonerie, éclairés par le soleil du petit matin.
Madame Trédégar était toujours à la barre.
– Il s'en est sorti. Il s'en est bien sorti, dit-elle.
Puis elle se tourna et nous regarda en disant :
– Bravo, équipage ! Le capitaine aurait été fier de vous.

Ensuite, Madame Trédégar s'éloigna en traversant l'herbe et, avec une longue tige de lierre, elle arrima le pauvre bateau, bien éprouvé, comme s'il avait enfin atteint son port d'attache.

Nous continuons à aller voir Madame Trédégar
chaque année. Le maître d'équipage
nous explique qu'il a désormais trop

de rhumatismes pour grimper et tailler les mâts
et les cheminées, et que Madame Trédégar
ne s'en inquiète pas.

Ainsi, progressivement, année après année,
les arbres reprennent leur forme initiale ;
ils deviennent des arbres comme les autres,

et bientôt nul ne pourra deviner qu'il fut
un temps, pas si lointain, où il y avait
là un Bateau Vert.

Fin

L'AUTEUR - ILLUSTRATEUR

Né en 1932 en Angleterre, **Quentin Blake** dessine déjà depuis toujours lorsqu'il publie son premier dessin dans le vénérable magazine satirique anglais *Punch* à l'âge de 16 ans ! Il fait des études de littérature à l'Université de Cambridge. Par la suite, il continue à étudier le desssin et travaille pour la presse, comme illustrateur et caricaturiste.
En 1960, il publie son premier livre pour enfants, en tandem avec John Yeoman. Suivront, depuis plus de trente ans, de nombreux autres titres, dont, chez Gallimard, *Le Chat ne sachant pas chasser*, *La Maison que Jack a bâtie*, *Monsieur Fernand et Mademoiselle Estelle*.
Sa collaboration avec Roald Dahl, dont il deviendra le principal illustrateur, commence en 1978, année de la publication de *L'Énorme Crocodile*. Ensemble, ils donneront vie à d'illustres personnages comme *Matilda*, *Les Deux Gredins*, *Le Bon Gros Géant*...
Quentin Blake a également illustré de nombreux autres grands auteurs britanniques contemporains ou classiques. Enfin, il écrit et dessine aussi ses propres histoires : *Armeline Fourchedrue*, *Les Cacatoès*, *Clown*, *C'est génial !*, *Le Bateau vert*, *Mimi Artichaut*, *Zagazou* sont aussi devenus des «classiques» de la littérature enfantine, récompensés par de nombreux prix.
Pendant treize ans il enseigne l'illustration aux étudiants triés sur le volet du prestigieux *Royal College of Art* qu'il dirigera ensuite pendant 10 ans, avant de se consacrer totalement à l'illustration et à toutes les activités qui en découlent.

folio benjamin

Si tu as aimé cette histoire de
Quentin Blake, découvre aussi :

Et dans la même collection :